Clár

Do Eilís Nic an Rí

Ar an bhFeirm

Bhí Ruairí ag dul ar cuairt go dtí Uncail Tomás agus Aintín Nóra. Nuair a thiomáin Mam isteach i gclós na feirme bhí a chol ceathrar, Dónal, agus Uncail Tomás ag fanacht leis ag an doras.

'Yipííí!' arsa Ruairí, 'táimid anseo!'

'Ó bhó!' arsa Uncail Tomás.

'Uf! Uf!' arsa Seip. Bhí seanaithne aige ar Ruairí!

'Tá fáilte romhat, a Ruairí,' arsa Áintín Nóra agus Dónal.

'Go raibh maith agaibh,' arsa Ruairí. Isteach leis sa teach de ruathar agus Seip ag tafann ina dhiaidh.

Tar éis an tae d'imigh Ruairí agus
Dónal amach sa pháirc ag breathnú
ar na ba. Bhí áthas an domhain ar
Ruairí.

Thosaigh sé ag rith agus ag léim.

'Is breá liom a bheith faoin tuath!' ar
seisean. Ach ansin, go tobann chuala
siad torann.

'Féach an bhó mhór sin ag teacht,'
arsa Ruairí.

'Bó?' arsa Dónal, 'tarbh atá ann!' agus
amach leis tríd an ngeata go tapa.

'Ó, a dhiabhail!' arsa Ruairí.

Ach bhí sé ró-dhéanach. Bhí an tarbh
níos tapúla ná é.

Thug sé puc sa tóin do Ruairí.

'Aaaúúú!' a scairt Ruairí.

Bhí cró na muc ar an taobh eile den chlós.

Bhí an-suim ag Ruairí sna muca.

Sheas sé tamall ag féachaint orthu agus iad ag ithe leo.

'Mmm!' arsa Ruairí. ' 'Bhfuil an bia sin blasta?'

'Oinc, Oinc,' arsa na muca.

Go tobann shleamhnaigh Ruairí agus thit sé ar an talamh.

'Íííííí!!!' ar seisean.

Baineadh geit as na muca agus amach leo as an gcró ar luas lasrach, agus iad ag rith agus ag scréachaíl ar fud na háite.

'A dhiabhail!' arsa Ruairí, 'tá mé salach.'

'Muise, cén dochar?' arsa Dónal, 'níl ann ach boladh na muc!'

Nuair a bhí Ruairí glanta suas arís
chuaigh sé féin agus Dónal isteach i
gcró na gcearc chun na huibheacha a

bhailiú. Ach ní raibh
gíog ná míog as na
cearca.

'A dhiabhail!' arsa
Ruairí, 'tá siad marbh.'

'Muise, ná bí ag magadh fúm,' arsa
Dónal. 'Ina gcodladh atá siad.'

Agus bhuail sé a bhosa le chéile chun
iad a dhúiseacht.

'Gú-ác! Gú-ác! Gú-ác!' arsa na cearca
agus d'éirigh siad san aer go tobann.

Bhí cleití agus dusta ar fud na háite.

Baineadh geit mhór as Ruairí agus
d'imigh sé leis ar nós na gaoithe.
Ach bhí Dónal ag titim leis an ngáire.
Faoin am sin bhí Ruairí an-tuirseach
agus chuaigh siad a chodladh go
luath.

I lár na hoíche dhúisigh Ruairí go tobann.

Bhí torann uafásach taobh amuigh...

'Cuc-a-dú-dil-úúú!!!'

Shuigh Ruairí suas sa leaba agus dath an bháis ar a éadan.

'A dhiabhail!' ar seisean.

14

'CAILLEACH!'.

Bhí Dónal ag
breathnú air ón leaba
eile agus straois ar a
bhéal.

'Muise, dún do chlab, a amadáin!' ar
seisean.

'Ní cailleach atá ann, ach
COILLEACH!'

Shleamhnaigh Ruairí isteach faoin
bpluid agus náire air.

Ar maidin d'éirigh Ruairí agus Dónal
go moch.

Bhí bricfeasta mór millteach acu i
dtosach.

Amach leo ansin go dtí an scioból.
Chuir Uncail Tómas an t-inneall
crúite ar siúl.

'Cá bhfuil an bainne?' arsa Ruairí go
fiosrach agus tharraing sé píobán
as an inneall crúite.
Thosaigh an bainne ag
stealladh ar fud na háite.
'A Dhiabhail!' ar seisean.

Bhí bainne chuile áit - ar a gheansaí,
ar a bhríste agus ag plobarnach
amach as a bhuataisí!

Bhí Uncail Tómas agus Dónal sna
tríthí ag gáire.

16

Thíos cois na habhann bhí scata
caorach i lár na páirce.

'Féach na caoirigh sin,' arsa Ruairí, 'tá
bearradh gruaige ag teastáil uathu!'

Ar ais leo go dtí an teach agus fuair
siad siosúr mór millteach.

Bhí na caoirigh ag ithe féir ar a
sáimhín só nuair a

chonaic siad Ruairí agus Dónal ag
teacht.

'BÁÁÁÁÁÁ!!!' arsa na caoirigh agus
rith siad lena n-anam.

Léim siad thar an gclaí agus síos an
bóthar leo ar nós an diabhail!

Bhí Seip ag tafann in ard a chinn
agus bhí Uncail Tomás ar buile. 'Go
bhfóire Dia orm!' ar seisean os ard.

Dhá uair an chloig a thóg sé orthu na caoirigh uilig a chruinniú le cheile arís! Bhí seantarracóir istigh sa tseid ar chúl an tí. Suas le Ruairí ar an tarracóir agus rinne sé iarracht é a chur ag imeacht.

'Brrrmmm! Brrrmmm!' arsa Rúairi, ach níor oibrígh sé.

Bhi sreanga beaga ag gobadh amach ón inneall. Cheangail 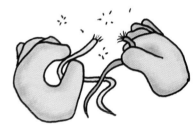 Rúairi dhá shreang le chéile agus go tobann d'imigh splancanna ar fud na háite.

'Go bhfóire Dia orainn!' arsa Dónal

agus chaith sé búicead uisce ar an
inneall... agus ar Ruairí freisin!

Ag a sé a chlog thiomáin Mam an
carr isteach i gclós na feirme.

Bhí sé in am dul abhaile.

'Thaitin an lá gó mór liom,'
arsa Ruairí,

'ach tá mé tuirseach traochta anois.'

'Slán, a Ruairí,' arsa Dónal, 'an
dtiocfaidh tú arís lá éigin eile?'

'Tiocfaidh, cinnte!' arsa Ruairí agus amach leis go dtí an carr.

'BEIDH MÉ AR AIS!' ar seisean.

'Uf! Uf!' arsa Seip.

'Ó bhó, bhó!' arsa Uncail Tomás!

Sneachta

Tunc!

Dhúisigh Ruairí go tobann.

Maidin Shathairn a bhí ann agus bhí gliondar air.

Ach cérbh é an torann sin ag an bhfuinneog?

Tunc!

B'shin é arís é.

Phreab sé amach as an leaba agus anonn leis go dtí an fhuinneog.

Tunc!

Chomh luath agus a d'oscail sé na cuirtíní phléasc rud éigin bán ar an ngloine os a chomhair.

Chuimil Ruairí a shúile.

SNEACHTA!

Bhí brat bán sneachta ar fud na háite.

Agus thíos sa ghairdín bhí Máirtín

agus Séimí ag caitheamh liathróidí

sneachta suas leis!

Chuir Ruairí air a chuid éadaigh go

tapa agus síos leis go dtí a chairde.

Scaoil sé isteach sa chistin iad fad agus a bhí sé ag ithe a bhricfeasta.

'Bhuel,' arsa Máirtín, 'céard a dhéanfaimid?'

'Tá sleamhnán agatsa, a Ruairí, nach bhfuil?' arsa Séimí.

'Tá, go deimhin,' arsa Ruairí agus a bhéal lán de chalóga arbhair.

'Go hiontach!' arsa Séimí, 'rachaimid ag sleamhnú.'

Amuigh sa gharáiste a bhí an sleamhnán ach ní raibh sé ró-éasca teacht air. Bhí an garáiste lán de bhoscaí agus rudaí eile. Bhí dréimirí ann agus seanrothar meirgeach. Bhí lomaire faiche ann agus barra rotha. Ach ní raibh aon radharc ar an sleamhnán.

Thosaigh siad á chuartú.

Tar éis deich nóiméad bhí chuile rud caite amach as an ngaráiste acu. Leis sin, lig Ruairí scairt as.

'Breathnaigí!' ar seisean.

Ar crochadh de na rachtaí a bhí sé an

t-am uilig!

'A dhiabhail!' arsa Ruairí agus
tharraing siad anuas é.

Amach le Mam ansin agus í ar buile.

'Tá an áit ina phraiseach agat, a
Ruairí. Glanaigí suas é nó ní bheidh
tú ag dul in áit ar bith.'

'Ceart go leor! Ceart go leor!' arsa
Ruairí agus náire air.

Ach ar chúis éigin ghlac sé i bhfad
níos mó ama an stuif go léir a chur ar
ais sa gharáiste ná mar a ghlac sé é a
thógáil amach!

Ansin, gan choinne,
bhuail liathróid sneachta
Ruairí sa smut!

'Céard sa diabhal?' ar seisean agus
fearg ag teacht air.

Ansin tharla an rud
céanna do Mháirtín…
agus do Shéimí!

D'fhéach siad i dtreo an bhóthair
agus cé a bheadh ann ach Sinéad agus
Órla agus iad ins na tríthí gáire!
CEART!

Is ansin a thosaigh an cath!
Níorbh fhada go raibh sé ina
chogadh dearg idir iad féin agus na
cailíní…

Bhí liathróidí sneachta ag eitilt tríd
an aer mar a bheadh sruth ann.
Ansin thug Ruairí faoi deara go raibh
gach rud ciúin.

'Bhfuil siad imithe?' arsa Séimí.

Bhí linn uisce ar a gcúl agus é reoite go crua.

I ngan fhios do Ruairí agus na leaids bhí Sinéad agus Órla ag lámhacán timpeall chun dul ar an ionsaí!

Ach go tobann scoilt an t-oighear agus síos leis na cailíní san uisce.

'Íííííííí!' a scread siad.

Ní raibh an t-uisce ró-dhomhan ach nuair a dhreap siad amach bhí an bheirt acu fliuch reoite! Síos an bóthar leo go sciobtha ansin agus cith de liathróidí sneachta os a gcinn.

'Nach mór an spórt iad?' arsa Ruairí agus straois air.

Réitigh na leaids iad féin ansin le dul ar aghaidh.

Bhí cnoc mór ard ar imeall an bhaile.
Tharraing siad an sleamhnán an
bealach ar fad go dtí barr an chnoic.
Obair chrua a bhí ann ach ba chuma
leo. Bhí sceitimíní orthu!

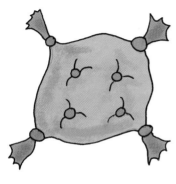 I dtosach báire cheangail
siad cúpla cuisíní den
sleamhnán le go
mbeadh sé compórdach!
Isteach leis an triúr acu
ansin i mullach a chéile ar an
sleamhnán.

'Seo linn!' arsa Ruairí agus ar aghaidh
leo síos an cnoc.

Bhí gaoth láidir ag séideadh ina
n-éadain ach ba chuma leo.
De réir a chéile bhí siad ag bailiú
luais.

'Íííííííííí!' a scairt an triúr agus iad ag sciorradh anuas an cnoc ar luas lasrach.

Thíos ag bun an chnoic bhí duine éigin ina seasamh ag féachaint amach ar an loch.

Cé a bheadh ann ach a múinteoir, Bean de Brún!

'Fág an bealach!' a scairt Ruairí in ard a chinn.

D'iompaigh Bean de Brún.

Leath na súile uirthi le hiontas agus rinne sí iarracht preabadh ar leataobh. Ach má rinne, d'imigh na cosa uaithi agus chríochnaigh sí ina cnap taobh le crann mór.

D'éirigh sí suas go feargach chun íde béil a thabhairt do na buachaillí. Ach, leis sin, shroich an sleamhnán bun an chnoic agus bhuail sé in aghaidh an chrainn.

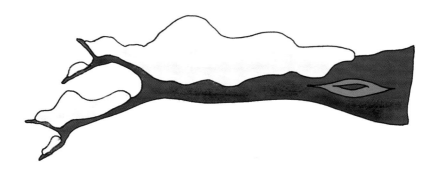

Bhí géag mhór ag síneadh amach os cionn Bean de Brún agus slám mór sneachta air.

Nuair a bhuail an sleamhnán in aghaidh an chrainn, síos leis an sneachta de phlab ar bharr a cinn!

'Ó bhó, bhó!' arsa Ruairí.

'Gliog!' arsa Bean de Brún.

Bhí a fhios ag an triúr go raibh sé in am imeachta!

Bhailigh siad leo agus an sleamhnán á tharraingt ina ndiaidh acu.

Stop ná stad ní dhearna siad gur shroich siad teach Ruairí.

'Go bhfoire Dia orainn!' arsa Ruairí agus iad ag titim ar fud na háite ag gáire.

'Bhuel?' arsa Mam agus í ag teacht
amach an doras chucu, 'cén chaoi ar
éirigh libh?'
'Thar barr!' arsa Ruairí le straois,
'Thar barr ar fad!'

Lá ag Iascaireacht

Bhí geansaí nua peile ag Ruairí
agus nárbh é a bhí mórtasach as.

Amuigh sa ghairdín ag imirt lena
liathróid a bhí sé nuair a chonaic sé
Máirtín agus Séimí ag teacht agus slat
iascaireachta an duine acu.

'Hé, a Ruairí,' arsa
Máirtín, 'an dtiocfaidh tú
ag iascach linn?'

'Tiocfaidh, go deimhin,'
arsa Ruairí, 'fan go
bhfaigh mé mo shlat
iascaireachta!'

Cúpla nóiméad ina dhiaidh sin bhí
siad ag imeacht leo i dtreo an locha.
Bhí an lá an-te agus ba ghearr go
raibh siad ag cur allais go tiubh.

'Pfiú!' arsa Séimí, 'tá sé te!'

'M'anam go bhfuil,' arsa Ruairí, 'Caithfidh mé an geansaí seo a bhaint díom, nó titfidh mé!'

Leis sin chuala siad glór chailín.

'Cá bhfuil sibhse ag dul, lá te mar seo?'

Cé a bheadh ann ach Sinéad. Bhí sí féin agus Órla ina suí ar an mballa faoi scáth crainn agus iad ag ithe uachtair reoite.

'Ag dul ag iascach, ar ndóigh,' arsa Máirtín.

D'fhéach na cailíní ar a chéile agus thosaigh siad ag gáire.

Ní raibh focal as Ruairí ach ansin bhuail smaoineamh é.

'Féach, a chailíní,' ar seisean, 'ar mhaith libh milseán?'

'Milseán?' arsa Órla. 'Ó, ba bhreá liom ceann.'

Ach ní raibh Sinéad róchinnte.

'Mmm,' ar sise, ach faoin am seo bhí Ruairí ag siúl ina dtreo agus bosca beag ina lámh aige.

'Seo dhaoibh, mar sin,' ar seisean agus d'oscail sé an claibín.

'Go raibh ma…' a thosaigh Órla ach ansin lig sí scréach aisti.

'Céard?' arsa Sinéad agus d'fhéach sí féin isteach sa bhosca.

'Íííííííí!' ar sise, 'Péisteanna!!!'

Gan a thuilleadh moille thug sí féin
agus Órla na cosa leo abhaile.
D'fhan na buachaillí cúpla nóiméad
ag magadh go hard futhu. Lean siad
orthu ansin gur bhain siad bruach an
locha amach.

Bhí a gheansaí peile á fhágáil ar an mballa ag Ruairí nuair a thug sé rud éigin aisteach faoi deara.

Bhí gabhar sa pháirc cois locha agus é ag breathnú thar an gclaí isteach orthu. 'Breathnaigí,' arsa Ruairí, 'tá comhluadar againn!'

'Baaaaaa!!!' arsa an triúr acu os ard agus a dteangacha á gcur amach acu. Baineadh geit uafásach as an ngabhar agus thug sé na cosa leis.

'Nach mór an spórt é!' arsa Séimí agus shocraigh siad síos le píosa iascaireachta a dhéanamh.

Ach bhí an gabhar an-fhiosrach. I ngan fhios dóibh tháinig sé aníos ar a gcúl arís.

An chéad rud eile, lig Máirtín scairt as!

'A dhiabhail, a Ruairí! Breathnaigh!'
Nuair a chas Ruairí timpeall bhí an
gabhar ag rith leis suas an pháirc agus
geansaí Ruairí ar foluain ar a adharca
aige!'

'Ó bhó, bhó!' arsa Ruairí. 'Mo gheansaí nua! Céard a dhéanfaidh mé? Maróidh Mam mé!'

Thosaigh an gabhar ag pocléimneach ar fud an háite agus é ag iarraidh an geansaí a chaitheamh de. Ach ní raibh sé in ann.

Bhí Máirtín agus Séimí sna tríthí gáire ag féachaint air ach ní raibh Ruairí róshásta leo.

'Stopaigí an gáire sin agus cuidigí liom. Caithfidh mé mo gheansaí a fháil ar ais nó beidh deireadh liom!' ar seisean.

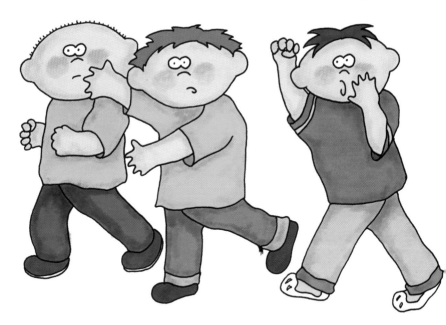

Léim an triúr acu thar an mballa
isteach sa pháirc le hiarracht a
dhéanamh breith ar an ngabhar. Ach
obair in aisce a bhí ann. Chomh
luath agus a tháinig aon duine acu i
ngar dó thug sé na cosa leis arís.
Tar éis fiche nóiméad den obair sin
shuigh siad síos i lár na páirce agus

iad tuirseach traochta. Isteach leis an
ngabhar faoi chrann mór agus shuigh
sé féin síos. D'fhan sé ansin gan chor as.
Ansin bhuail smaoineamh Ruairí. 'Tá
plean agam!' ar seisean.
'Déanfaidh mé iarracht teacht aniar
aduaidh air.'
'Cén chaoi a dhéanfaidh tú sin?' arsa
Séimí.
'Fan go bhfeice
tú!' arsa Ruairí
agus thosaigh
sé ag lámhacán
go himeall na
páirce.

Thóg sé deich nóiméad nó mar sin
air dul chomh fada le cúl an chrainn.
Bhí an gabhar fós ina luí ann agus an
chuma air go raibh sé ina chodladh.
Bhí géag fhada ag síneadh amach os a
chionn.

Go mall réidh dhreap Ruairí suas ar an ngéag go dtí go raibh sé in ann cromadh síos agus greim a fháil ar a gheansaí. Síos, síos leis gur sciob sé leis é. Ach mo léan! Baineadh geit as an ngabhar agus phreab sé ina sheasamh. Chaill Ruairí a ghreim agus síos leis ar dhroim an ghabhair. As go brách leis an ngabhar agus Ruairí ar a dhroim aige.

'Cabhair! Fóir orm!' arsa Ruairí.

Tharraing an gabhar caol díreach ar an loch agus Ruairí ag screadaíl in ard a chinn. Bhí bearna bheag sa chlaí agus d'imigh sé tríd ar luas lasrach. Ansin, díreach ar bhruach an locha, stop sé go tobann. D'imigh Ruairí tríd an aer agus isteach leis ar mhullach a chinn san uisce!

Ruairí bocht. Bhí sé fliuch go
craiceann. Ach ar a laghad bhí a
gheansaí ar ais aige! Tharraing
Máirtín agus Séimí amach as an uisce
é agus thug siad aghaidh ar an
mbaile.

'Meas tú, cén sórt éisc é sin atá acu?' arsa Sinéad le hÓrla nuair a chonaic siad an triúr ag filleadh.

'Níl a fhios agam, a Órla. Déarfainn féin gur líbín báite atá ann!' D'imigh siad leo ansin agus na scairteanna gáire astu.

'Ó bhó, bhó!' arsa Ruairí.

Scríobhadh an scéal 'Ar an bhFeirm' i gcomhar le Ranganna 5 agus 6 i Scoil Náisiúnta Bhalla Álainn, Co. Mhaigh Eo, mar chuid de Scéim Inste Scéil 2005, urraithe ag Foras na Gaeilge. Gabhaimid buíochas leis an bPríomhoide, Pádraicín Uí Fhlaithile, agus a cuid scoláirí:

Pól Ó Corraí
Séamus de Railf
Aodán Ó Gliasáin
Gemma Ní Ghacháin
Sinéad Ní Chonchaille
Audrey Ní Oileáin
Tadhg Ó Láimhín
Mícheál Mac Cormaic
Dónal Mac Gacháin
Eoghan Ó Laighin
Daithí Mac an Bháird

Mícheál Ó hAodha
Aaron Ó Dóláin
Lúcás Timmis
Marta Ní Dhuaidhe
Gemma Nic Ultain
Nicole Ní Earchaí
Tomás Mac Cormaic
Réamann Ó hÓláin
Pádraig Ó hÓiste
Liam Mac Amhlaigh
Oilbhéar Mac Sandair

Ar léigh tú fós iad?

Bunoscionn le Ruairí!

Hé, a Ru

Colmán Ó Raghallaigh agus Anne Marie Carroll

Colmán Ó Raghallaigh agus Anne Marie Carroll

Sna siopaí anois!